Loi n°49.956 du 16 juillet 1949 sur les publications destinées à la jeunesse
ISBN : 978-2-09-253066-5
N° éditeur : 10171715 -Dépôt légal : janvier 2011
Imprimé en France - L55477A

Conte de Perrault
Illustré par Marion Duval

Cendrillon

Nathan

Il était une fois un gentilhomme, qui, après avoir perdu sa première femme, se remaria avec une autre, très fière et très hautaine.
Elle était mère de deux filles aussi désagréables qu'elle, alors que son mari avait de son côté une fille d'une douceur et d'une bonté exceptionnelles.
À peine le mariage célébré, la belle-mère fit éclater sa mauvaise humeur et s'en prit à la fille de son mari.
Elle ne pouvait supporter sa gentillesse qui faisait ressortir la méchanceté de ses deux filles.

Alors, pour se venger, elle lui fit faire tous les travaux de la maison et elle l'envoya dormir sur une paillasse, dans le grenier. Quand elle avait fini son travail, la pauvre enfant s'asseyait dans un coin de la cheminée, parmi les cendres. C'est pourquoi ses sœurs, pour se moquer, l'appelaient Cendrillon. Mais elles pouvaient bien rire, car, même mal vêtue, Cendrillon était cent fois plus belle qu'elles ! Un jour, le fils du roi donna un bal. Les deux sœurs étaient sur la liste des invités. Quelle agitation dans la maison ! On ne parlait que de ça !

– Moi, disait l'aînée, je mettrai mon habit de velours rouge et mon col en dentelle.
– Moi, disait la cadette, je n'aurai que ma jupe ordinaire, mais en revanche, je mettrai mon manteau à fleurs d'or et ma barrette de diamants.
Cendrillon dut travailler encore plus que d'habitude ! Elle prépara les habits, nettoya, repassa. Gentiment, elle conseilla ses deux sœurs sur leur habillement et elle leur proposa même de les coiffer.
Les deux méchantes acceptèrent et se moquèrent :
– Cendrillon, est-ce que tu aimerais aller au bal ?
– Oh ! c'est impossible ! répondit la jeune fille.
– Tu as raison, on rirait bien, si on voyait une Cendrillon au bal !

Une autre que Cendrillon, en entendant cela, les aurait coiffées de travers, mais elle était si gentille qu'elle les coiffa parfaitement.
Enfin, le jour du bal arriva, et les deux sœurs s'en allèrent. Quand elle ne les vit plus, Cendrillon se mit à pleurer.
– Tu voudrais bien aller au bal, n'est-ce pas ? dit une voix.
Sa marraine, qui était fée, se tenait devant elle.
– Oh, oui ! soupira Cendrillon au milieu de ses sanglots.
– Eh bien ! tu vas y aller, je te l'assure. Allez, cours dans le jardin et rapporte-moi une citrouille.

Cendrillon alla aussitôt cueillir la plus belle citrouille qu'elle put trouver. Sa marraine la creusa et la frappa de sa baguette : la citrouille fut immédiatement changée en un beau carrosse tout doré.
– Maintenant, Cendrillon, lève un peu la trappe de la souricière, demanda la marraine.
Cendrillon obéit, et chaque souris qui sortit fut changée, d'un coup de baguette, en un cheval gris pommelé. On fit un superbe attelage.
Et puis de deux autres coups de baguette, la marraine-fée changea un rat en un gros cocher aux superbes moustaches et six lézards en laquais aux habits colorés.

– Eh bien ! voilà de quoi aller au bal, Cendrillon ! Tu es contente ? lui demanda sa marraine.
– Heu, oui… Mais je ne peux pas y aller comme ça, avec mes vilains habits !
Alors sa marraine la toucha avec sa baguette, et ses habits furent changés en habits de drap d'or et d'argent, tout brodés de pierreries. Elle lui donna ensuite une paire de pantoufles de verre, les plus jolies du monde.
– Ne quitte pas le bal après minuit ! lui dit-elle, avant qu'elle ne parte. Car sinon tout ce qui a été transformé redeviendrait comme avant !
– C'est promis ! dit Cendrillon, et elle partit.

Quand elle fut au château, le fils du roi courut la recevoir. « Une grande princesse qu'on ne connaît pas vient juste d'arriver ! » venait-on de lui dire. Aussitôt, il la prit par la main et l'emmena dans la salle de bal. Un silence se fit ; on cessa de danser, les violons ne jouèrent plus ; tout le monde n'avait d'yeux que pour l'inconnue qui venait d'entrer.
Un doux murmure emplissait la salle.
« Oh ! comme elle est belle ! comme elle est belle ! » répétait-on partout.
Le fils du roi l'invita à danser : elle était si gracieuse, si légère, qu'on l'admira encore davantage ; puis il ne la quitta plus de toute la soirée. Il ne cessa de lui parler et de la complimenter.

Cendrillon, charmée par ses paroles, oublia tout.
Elle oublia même ce que sa marraine lui avait dit.
Mais quand le premier coup de minuit sonna,
elle se leva d'un bond et s'enfuit aussitôt.
Et c'est tout essoufflée, sans carrosse, sans laquais et
avec ses vilains habits que Cendrillon arriva chez elle.
De retour du bal, ses deux sœurs lui dirent :
– Il est venu ce soir une princesse magnifique ;
à minuit, elle s'est enfuie si rapidement qu'elle a laissé
tomber une de ses petites pantoufles de verre.
Le fils du roi l'a ramassée et il n'a fait que la regarder
pendant tout le reste du bal. C'est sûr : il est amoureux
de cette princesse !

Les deux sœurs disaient vrai, car quelques jours plus tard, le fils du roi fit annoncer qu'il épouserait celle dont le pied entrerait dans la pantoufle.

On commença par l'essayer à toutes les dames de la cour. En vain !

On l'apporta alors chez les deux sœurs, qui firent tout leur possible pour faire entrer leur pied dedans. Elles n'y réussirent pas.
– Voyons voir si elle me va ! dit soudain Cendrillon.
Ses sœurs se mirent à rire et à se moquer d'elle.

Mais le gentilhomme qui faisait essayer la pantoufle trouva Cendrillon très belle.

– J'ai pour consigne de faire essayer la pantoufle à toutes les jeunes filles du pays. Alors, mademoiselle, dit-il à Cendrillon, asseyez-vous là et voyons si elle vous va !

Cendrillon s'assit, et, immédiatement, sans difficulté, elle entra son pied dans la pantoufle !

Les deux sœurs étaient stupéfaites et elles le furent encore plus, quand elles virent Cendrillon sortir de sa poche l'autre petite pantoufle.

Pour comble de surprise, la marraine-fée apparut, et, d'un coup de baguette, transforma les habits de Cendrillon.

– Oh, la princesse du bal ! s'écrièrent les deux sœurs.Pardonne-nous, pardonne-nous tout le mal qu'on t'a fait !

Et elles se jetèrent à ses pieds. Cendrillon leur pardonna. Puis on l'emmena chez le fils du roi, qui la trouva plus belle que jamais, et l'épousa peu de jours après. Et Cendrillon, qui était aussi bonne que belle, fit loger ses deux sœurs au château, et les maria avec des seigneurs de la cour.

Regarde bien ces images de l'histoire.
Elles sont toutes mélangées.
Amuse-toi à les remettre dans l'ordre.